Lf $\frac{129}{5}$

PÉTITION

DE

MARC-ANT^NE. VIGOUREUX,

AGENT DE CHANGE A SMYRNE,

Et l'un des Rédacteurs du *Spectateur Oriental*.

A MESSIEURS LES DÉPUTÉS.

PARIS,

IMPRIMERIE DE MIGNERET, RUE DU DRAGON, N° 20.

1828.

PÉTITION

DE

MARC-ANT^NE. VIGOUREUX,

AGENT DE CHANGE A SMYRNE,

Et l'un des Rédacteurs du *Spectateur Oriental.*

━━━━◆◇◆━━━━

A MESSIEURS LES DÉPUTÉS.

─────

MESSIEURS,

LE premier des devoirs et le plus sacré imposé à un citoyen est de contribuer, autant qu'il est en son pouvoir, au bonheur de la société dont il fait partie, et qui, par ses institutions sages, veille sans cesse à l'inviolabilité des droits de chacun en particulier et de tous en général.

Or, Messieurs, signaler aux législateurs les abus introduits dans une des branches administratives du royaume, l'une des plus importantes, peut-être, et la plus négligée, sans contredit, depuis la restauration, c'est, je pense, remplir ce devoir sacré attaché au titre de Français dont je m'honore.

Je veux parler de l'administration consulaire au Levant.

Lorsque vers le milieu du XVIIIe siècle nos relations commerciales avec la Turquie prirent une consistance qui attira l'attention de notre gouvernement, des plaintes sans nombre étaient déjà parvenues jusqu'au pied du trône, demandant justice contre les abus de pouvoir dont les agens de la Chambre de commerce de Marseille

*

s'étaient rendus coupables. Les Consuls alors étaient tirés du sein du corps commercial qui, dans chaque échelle, formait une espèce de colonie. En 1778 et 1781, le gouvernement pensa qu'il ne pouvait pas laisser à la discrétion d'un individu, sans contrôle, les intérêts et la vie des sujets de Sa Majesté qui exerçaient une industrie quelconque dans les états du Grand-Seigneur, sous la sauve-garde des capitulations stipulées avec la sublime Porte.

Les réglemens que le gouvernement d'alors adopta étaient en rapport exact avec les temps, avec les coutumes, et même avec les individus.

En effet :

Les musulmans à cette époque, encore irrités des Croisades, ne cherchaient qu'une occasion favorable d'assouvir leur haine contre tout ce qui portait le nom de *Francs*.

Or, la moindre rixe de la part d'un Français, ou la plus légère inconséquence, pouvait compromettre la sûreté de la petite co-lonie, aussi bien que les intérêts des négocians de Marseille.

Un négociant, pour être bon négociant, ne doit penser qu'à ses intérêts ; aussi la Chambre de commerce de Marseille, suivant cet axiôme, et craignant de perdre le fruit de ses spéculations alors lucratives avec la Turquie, ne manqua pas d'investir et de faire investir ses Consuls d'un pouvoir assez arbitraire et despotique pour la mettre à l'abri de toute crainte ; d'ailleurs, quels étaient les hommes qui fréquentaient les échelles du Levant à ces époques, où nous-mêmes étions encore dans un état semi-barbare ?

Des matelots qui abandonnaient leurs bâtimens, des gens qui avaient commis des crimes sociaux, et fuyaient les rigueurs des lois qui les atteignaient. Dès-lors il est évident que des gens de cette espèce non-seulement pouvaient, mais, je dis plus, devaient supporter l'arbitraire des consuls sans oser s'en plaindre.

Telle a été l'origine du système *exceptionnel* et du pouvoir *discré-tionnel* (discrétionnaire) sous lesquels nous gémissons encore au-jourd'hui en Turquie.

Je conçois, Messieurs, qu'au milieu du XVIII.ᵉ siècle, une orga-nisation de cette nature ne trouvait point d'opposans ; attendu que d'un autre côté, en France, à la même époque, existait le système féodal, quoique déjà un peu modifié.

Depuis trente ans, Messieurs, tout est changé dans le monde entier ; je puis donc dire, les temps sont changés, les coutumes ont varié, et les individus ne sont plus les mêmes. Partant, en 1781, les réglemens pour le Levant étaient fort sages, par cela seul qu'ils étaient en harmonie avec la législation du royaume ; mais la Charte constitutionnelle ayant beaucoup modifié la législation qui existait alors, la Charte constitutionnelle étant la seule source d'où notre législation actuelle découle ; donc ce qui n'est pas en elle n'est pas admissible ; donc toute ordonnance ou toute loi antérieure, quoique non abrogée ou même remise en vigueur, sans des motifs d'intérêts généraux reconnus et sanctionnés par les premiers corps de l'État, est nulle par elle-même, toutes les fois qu'elle n'est pas dans une harmonie parfaite de coïncidence, pour ainsi dire mathématique, avec la Charte constitutionnelle ; car il en est, Messieurs, des idées et des lois, comme des lignes.

Les Turcs, depuis quarante ans, sont devenus tolérans au suprême degré. Autrefois un *Franc* était obligé d'adopter le costume turc pour ne pas s'exposer à être insulté dans les rues ; aujourd'hui il n'en est plus ainsi.

Les Français établis dans le Levant ne sont plus, pour la plupart, sortis de la lie du peuple, ni des vagabonds. Vous connaissez aussi bien que moi, Messieurs, les secousses politiques que notre belle patrie a éprouvées ; dès-lors vous savez aussi bien que moi que les Français, en 1828, à l'étranger et surtout en Turquie, ne sont plus les Français de l'an 1781.

Éloignés de la mère-patrie, les Français à l'étranger en 1828 ont toujours le cœur français ; la Charte constitutionnelle est leur seul mot de ralliement : elle doit être aussi l'égide sous laquelle ils trouvent constamment un asile inviolable contre les abus de pouvoir des agens du gouvernement.

Plein de confiance, Messieurs, dans la ferme résolution que vous avez prise, d'accord avec les intentions de Sa Majesté, de voir enfin toutes les branches administratives non-seulement en harmonie entre elles dans l'intérieur du royaume, mais encore à l'extérieur, je vais vous présenter ici tous les abus introduits par les agens de l'administration consulaire qui, à chaque instant, compromettent l'honneur national, violent la Charte constitutio-

**

nelle, méprisent nos Cours royales, et méconnaissent nos Codes.

Afin de donner plus de poids aux abus que je vais vous signaler, je suis dans la dure nécessité d'en nommer les auteurs et de rapporter des faits qui me sont personnels, dont j'ai été et suis la victime ; mais mon intention n'est nullement d'attirer sur eux votre indignation, ni votre renvoi au ministre compétent, pour obtenir la justice qui m'est due. Je me suis adressé, à ce sujet, aux tribunaux compétens du royaume qui, sans nul doute, se feront un devoir de punir un agent qui a trompé la confiance du gouvernement de Sa Majesté, et m'accorderont les indemnités que ma situation m'autorise à demander, conformément à notre législation qui ne laissera jamais impunie la violation des droits les plus sacrés des citoyens.

Les agens de l'administration consulaire, au Levant, compromettent à chaque instant l'honneur national.

En effet:

Depuis 1814 jusqu'en 1825 on accordait, avec une facilité condamnable, le pavillon français à des caboteurs dans l'Archipel. Ces caboteurs étaient ou des sujets du Grand-Seigneur ou des Ioniens, qui achetaient, des agens de l'administration, cette prérogative que nos lois n'accordent aux Français qu'avec beaucoup de circonspection : aussi avons-nous souvent vu notre pavillon violé par les Turcs pour réprimer les contrebandes dont ces caboteurs se rendaient coupables. On s'est plaint amèrement de cette infraction des capitulations de la part des autorités turques ; mais n'avaient-elles pas raison ?

Or, Messieurs, un capitaine français aurait-il osé compromettre ainsi l'honneur national ?

Non, sans doute, parce qu'il eût su qu'en rentrant en France il aurait trouvé une législation qui en aurait fait justice : mais des étrangers ! ils n'ont jamais vu que leur intérêt particulier ; aucune loi d'ailleurs ne pouvait les atteindre ; les agens de l'administration ne pouvaient que leur ôter la protection accordée.

Ce trafic illégal, dont les produits se versent dans la caisse particulière et des Consuls et des Chanceliers, a fait beaucoup plus de mal que l'on ne pense à notre commerce dans le Levant.

M. le baron Félix de Beaujour, qui ne fut malheureusement

que pendant un an Consul-général à Smyrne, s'est opposé autant
qu'il a été en son pouvoir à cet abus dont il voyait les conséquences funestes.

M. le Vice-amiral de Rigny l'a presqu'entièrement extirpé
depuis 1825.

Il existe en Turquie un système bien organisé de patronage, tel
que nous le voyons dans l'histoire Romaine ; chaque Turc influent,
soit par sa place, soit par sa fortune, a un certain nombre de
cliens. J'ose avancer ici, Messieurs, que de ce système seul, sont
découlés les abus dont les Grecs avaient à se plaindre en Crète
et en Morée : je me propose de développer cette idée dans un ou-
vrage dont je vais m'occuper.

Les agens de l'administration Consulaire, livrés à eux-mêmes,
désirant tirer parti de leur position éloignée, et amasser pour la
mauvaise saison, organisèrent autour d'eux ce système de patronage : en conséquence, chaque Consulat a un nombre infini de
sujets du Grand Seigneur, Grecs, Juifs, Arméniens schismatiques
et Arméniens catholicisés qui jouissent de la protection française,
au détriment des sujets de S. M. ; car souvent les Consuls, poussés
jusque dans leurs derniers retranchemens par les autorités turques,
qui prouvent que ces individus sont des sujets de la sublime Porte,
abandonnent honteusement leurs protégés, ou bien en sont réduits
à demander humblement des grâces spéciales.

De quelle considération peuvent jouir les agens du gouvernement
après une telle conduite ?

Mais, Messieurs, est-il présumable que le gouvernement de S. M.
ait eu pour but d'entretenir en Turquie des agens énormément
payés d'ailleurs (un Consul-général reçoit 30,000 francs d'ap-
pointemens fixes), avec l'autorisation d'employer leur influence
à s'approprier des sujets du Grand-Seigneur qui nuisent tant aux
intérêts généraux des nationaux ? Une telle idée doit être repoussée.

Cependant, comment expliquer le silence absolu gardé par l'administration, en égard à un travail sur cette matière qui, je crois,
fut déposé, depuis 1819, dans les bureaux du Ministère des affaires
étrangères, par le respectable M. le baron Félix de Beaujour ?

Ce magistrat profond vit tous les abus introduits ; il tâcha de
les réformer, il proposa de nouveaux réglemens ; mais par une

fatalité inouie, le Français, qui aime son pays avant tout, n'a pu être écouté jusqu'à ce jour.

L'abus le plus extraordinaire, le plus déshonorant pour le nom Français, et j'en appelle surtout à M. le baron Félix de Beaujour, c'est l'enlèvement et la dilapidation des dépôts judiciaires faits dans nos chancelleries. Le croiriez-vous, Messieurs, ces dépôts, que la législation de tous les peuples rend inviolables, disparaissent de nos chancelleries, comme par enchantement.

Que sont devenus ceux faits pendant l'administration de M. Fourcade, Vice-consul gérant le consulat général de Smyrne ? Et encore tout récemment, sous l'administration de M. David, il y a eu une dilapidation honteuse.

Ce désordre scandaleux ne vous étonnera pas, lorsque vous saurez que personne n'est responsable de ces dépôts. A qui faut-il s'adresser ? on l'ignore absolument, à moins que ce ne soit consigné dans les réglemens occultes de cette administration. Mais nous, Français du XIX.e siècle, qui ne connaissons que la Charte et les Codes, nous n'en savons rien.

Les agens de l'administration Consulaire au Levant violent la Charte constitutionnelle.

En effet :

Je soussigné Marc-Antoine VIGOUREUX, Colon, propriétaire réfugié de St.-Domingue, admis aux secours, jure et déclare que M. Auguste Castagne, Consul gérant le consul-général de Smyrne, le 31 décembre dernier, an 1827, a abusé de son autorité, violé la Charte constitutionnelle du royaume, foulé aux pieds les articles du Code civil qui garantissent l'inviolabilité des propriétés, et la liberté individnelle des citoyens.

Il ordonna, non-seulement qu'Alex. Blacque (premier député du commerce français), et moi (agent de change sur place, l'un des directeurs du seul bureau de change de monnaies établi à Smyrne, et simultanément directeur de l'imprimerie Vigoureux et compagnie), tous deux propriétaires, éditeurs et rédacteurs du journal le *Spectateur Oriental*, fussions arrêtés *de par le Roi*, et envoyés à hord de la corvette française *la Pomone*, mais encore la confiscation du matériel de l'imprimerie, sans qu'il nous ait été possible de connaître les motifs qui ont pu exciter des mesures aussi violentes et si diamétralement opposées à notre législation.

Un Consul peut-il avoir un pouvoir qui surpasse celui du Roi lui-même ? Non, sans doute.

Cette conduite arbitraire, despotique, partant anti-constitutionnelle et inexplicable d'un agent du gouvernement, payé uniquement pour défendre les droits des citoyens contre les actes arbitraires des autorités turques, me força à prendre des mesures conservatrices pour garantir au moins ma liberté individuelle, puisque ma propriété avait été violée.

D'après ce qui s'était passé dans la journée du 31 décembre 1827, car mon magasin fut forcé par ordre de M. le Consul, gérant le consulat-général, et le matériel de l'imprimerie, sinon ruiné, au moins horriblement détérioré, je devais m'attendre à tout ; il n'y avait rien qui put empêcher le Consul de me faire arracher de vive force de l'asyle où j'étais, et de me vendre comme esclave à l'agent du Dey d'Alger, résidant à Smyrne. En conséquence, je me suis trouvé dans la pénible situation de devoir réclamer la protection du pavillon de S. M. Britannique, pour me soustraire à l'arbitraire de l'agent français. Cette protection me fut accordée de l'assentiment de M. le commodore Sir Thomas Staine, à bord de la frégate anglaise *le Gambrian*, commandée par M. le capitaine G. W. Hamilton C. B., qui eut le malheur de la voir briser à Carabuse. J'ai partagé le sort de mes compagnons d'infortune, c'est-à-dire que le 31 janvier dernier, pendant la nuit, les flots engloutirent tout ce que j'avais emporté avec moi.

Les agens de l'administration Consulaire au Levant méprisent nos Cours royales.

En effet :

La Cour de Lyon n'a jamais pu faire exécuter un mandat d'arrêt lancé contre un Français Lévantin (feu M. Alex. Giraud), qui cependant se promenait dans les rues de Smyrne.

La Cour d'Aix n'a jamais pu faire exécuter ses divers arrêts dans l'affaire de dame Sarti et docteur Cross.

Les Tribunaux de Marseille ont-ils jamais pu voir exécuter leurs mandemens par les Consuls ? Non, non.

Les héritiers Chabot, dont le parent a laissé une fortune colossale à Smyrne, ont-ils jamais pu obtenir, non une reddition de compte de la part de l'exécuteur testamentaire, mais seulement une citation contre lui ? Non, Messieurs, non.

Monseigneur le Ministre de la justice pourra vous donner des preuves de ce que j'avance, ainsi que le chargé d'affaires de Toscane.

Les agens de l'administration Consulaire au Levant méconnaissent nos Codes.

En effet :

L'ambassade de Constantinople et tous les Consuls au Levant prétendent que les Français en Turquie sont régis par un *système exceptionnel* et soumis à un pouvoir *discrétionnel* (discrétionnaire), conformément aux ordonnances de 1778 et 1781 ; mais, Messieurs, ces ordonnances sont en contradiction manifeste avec la Charte constitutionnelle.

Système exceptionnel et *pouvoir discrétionnaire* sont eux-mêmes des expressions anti-constitutionnelles ; donc la prétention de ces Messieurs est illégale ; car les Français du XIX.e siècle sont Français partout, et ne peuvent être soumis qu'à la Charte constitutionnelle, qui en elle contient tout.

Peut-on présumer que le gouvernement de S. M. veuille donner à son ambassadeur en Turquie, et à ses Consuls des *serfs* ? Et qui désigne-t-on pour le devenir ? Des Français ! si fiers de leurs droits civils et politiques.

Vous ne souffrirez pas, Messieurs, que vos compatriotes soient gouvernés comme des *serfs* par des agens du gouvernement.

Cependant c'est sous un joug si oppresseur que nous gémissons tous en Turquie.

L'ambassade de Constantinople a établi des tarifs onéreux de droits consulaires qui n'ont jamais été sanctionnés par les premiers corps de l'état, on les exécute avec une rigueur indicible.

Au profit de qui ?

Vous penseriez, Messieurs, que de telles exactions tournent au profit du trésor public. Non, Messieurs, non. Les Chanceliers et les Consuls, déjà si bien payés, se partagent ces revenus.

M. David, pendant son administration a établi une nouvelle taxe, en donnant des permis de résidence qu'il fit payer 4 francs. M. Schemaltz, sans doute, trouva que c'était trop peu, et il les porta à 11 francs, de sorte qu'en suivant la même progression, si nous changeons souvent de Consul général, les Français à Smyrne ne pourront, qu'avec peine, payer le permis de résidence, dont, M. le Consul encaisse le montant pour se payer de la faveur qu'il nous accorde de ne pas user de son *pouvoir discrétionnel*, c'est-à-dire de ne pas nous renvoyer en France *de par le Roi*, (tel est le langage de ces Messieurs).

M. David nous a aussi forcés à payer une somme fixe par charge de chameau à ses nombreux drogmans auxiliaires pour l'exemption que la Sublime Porte nous accorde, des taxes portées sur la fabrication des vins : tandis qu'avant ce Consul général, les drogmans s'en remettaient à la générosité des Français auxquels ils portaient ces exemptions annuelles pour leur consommation.

L'ambassade de Constantinople et tous les employés de l'administration consulaire au Levant prétendent tantôt que nous avons un domicile en Turquie, tantôt que nous n'en avons pas.

S'agit-il de la mise à exécution de la partie du Code civil, qui traite de l'état civil ? on nous soumet au Code très-strictement. Alors on reconnaît que nous avons un domicile.

S'agit-il de relations commerciales ? on nous assujettit également au Code de commerce. Alors on reconnaît encore que nous avons un domicile.

S'agit-il de l'inviolabilité de notre liberté individuelle et de nos propriétés ? Alors nous n'avons plus de domicile : nous ne sommes que des oiseaux de passage, que des voyageurs, que la bonté d'un Consul, moyennant de l'argent, laisse en Turquie, tant que bon lui semble.

Tantôt on reconnaît que l'exercice de notre industrie est soumis aux lois locales, tantôt on veut le soumettre aux lois Françaises, et tantôt enfin, on le soumet aux deux juridictions Turque et Française.

Je m'explique.

Un cordonnier, un serrurier, un tailleur, un peintre, etc., etc., Français, exercent leur industrie en Turquie, en se soumettant aux lois locales.

J'ai établi à Smyrne le seul bureau de change de monnaies qui y existe : que m'a dit le Consul général de France M. David, lorsque je lui fis part de mon projet.

« Ne vous mettez pas dans le cas d'être inquiété par l'autorité locale en achetant les vieilles monnaies turques qui viennent d'être démonétisées. »

Il est donc évident que l'autorité Française reconnaissait mon plein droit d'exercer mon industrie en me conformant aux lois du pays. Pourquoi me nier aujourd'hui ce droit pour la publication d'une feuille, et pour l'exploitation d'une imprimerie, produit de l'industrie Française, et embarquée publiquement en mars 1827, à Marseille, où l'autorité aurait dû s'opposer à son exportation, si notre législation ne permet pas ce genre d'industrie en Turquie ?

D'ailleurs n'avons nous pas vu de journal, *le Smyrnéen*, publié par un Français, être suspendu en 1823, par ordre de la Porte?

L'autorité Française en a-t-elle protégé le rédacteur ? Non ! S'est-elle opposée à cette suspension ? Non.

Donc elle reconnut alors le droit incontestable que le gouvernement local a de s'opposer à l'exercice d'une industrie quelconque.

L'agent de notre gouvernement ne put s'opposer à la volonté du gouvernement Turc, lorsqu'il s'agit de suspendre le *Smyrnéen*.

Comment peut-il aujourd'hui s'opposer à la volonté de ce même gouvernement, lorsqu'il s'agit de la publication du *Spectateur oriental*, publiquement toléré par le gouvernement local ?

Ne sont-ce pas là, Messieurs, des contradictions frappantes, conséquences, du reste, naturelles et résultats essentiellement en harmonie, du principe *anti-constitutionnel*, que les Français au Levant sont sous un *pouvoir discrétionnel*, et soumis à un *régime exceptionnel?*

Cette base indéterminément établie et discrétionnellement prolongée a, jusqu'à ce jour, servi de point de départ pour la grande triangulation administrative consulaire *despotique* dans toutes les échelles du Levant, où le despotisme consulaire français est beaucoup moins supportable que le despotisme turc ; car, dans l'état actuel des choses rien ne saurait arrêter le premier, tandis que le système municipal des corporations religieuses, conservé par les Turcs, oppose, presque toujours, une barrière insurmontable aux Pachas qui, soumis au Grand-Seigneur, veulent abuser de leur pouvoir.

N'est-il pas étonnant, Messieurs, de voir les agens du gouvernement constitutionnel de la nation la plus civilisée surpasser les Turcs en despotisme ?

Les droits d'un Français sont-ils foulés aux pieds par une autorité turque ? Voyons de quelle manière se conduisent les agens du gouvernement de Sa Majesté.

J'ai été dans cette pénible situation en 1826, époque à laquelle le consul général, M. David, me dit qu'il n'avait point de bayonnettes à opposer à la volonté du Pacha de Smyrne, qui dit, alors, à M. Fleurat, chancelier, premier Drogman. « Je me moque des capitulations. » (Le Magistrat turc, contre le droit des gens, voulait m'avoir dans ses prisons).

Je n'ai pas eu à me louer de la conduite de M. David dans cette circonstance; cependant il en fit son rapport à M. le Comte de Guilleminot, demandant que l'affaire fut présentée à la Porte. Si ma mémoire ne m'égare, Son Excellence répondit, ou fit répondre, que le moment n'était pas favorable pour présenter une telle réclamation. Ce moment favorable ne s'est plus présenté depuis; du moins, je n'en ai jamais eu connaissance.

Dans des circonstances beaucoup plus critiques, après la bataille de Navarin, en novembre dernier 1827, l'administration anglaise ne fit pas une réponse semblable à la maison Kerr, Black et Fisher de Smyrne; elle sut bien faire respecter les droits de cette maison qui avaient été violés par un fonctionnaire turc, qui fut exemplairement puni en perdant sa place.

Il est à ma connaissance, Messieurs, que des Consuls ont dilapidé les fonds publics de l'administration de la marine, soit en passant, avec les fournisseurs, des marchés où les prix des denrées sont plus que doublés, soit autrement. Son Excellence Monseigneur le Ministre de la Marine peut à cet égard, vous donner des éclaircissemens appuyés de pièces justificatives. Son Excellence pourra également vous faire connaître les plaintes multipliées des capitaines marchands.

M. David, pendant son administration, introduisit un abus, jusqu'alors inconnu dans le Levant ; il a obtenu des lettres-patentes de naturalisation pour deux individus, qui non seulement n'ont jamais vu la France, mais encore l'un était Arménien de naissance, et l'autre d'origine napolitaine et né à Constantinople. Ces individus n'ont jamais rendu aucun service à la France.

Les agences consulaires dans les Iles de l'Archipel, sont encore du nombre des gratifications que MM. les Consuls font tourner au profit de leur caisse particulière.

Si, sur tout ce que je viens d'avancer, on élevait le moindre doute, je m'engage ici solennellement à fournir des preuves irrécusables. D'ailleurs que l'on interroge les états-majors des bâtimens de guerre qui ont fréquenté le Levant, ainsi que les capitaines des navires marchands.

M. le contre-amiral Halgan est mieux informé que qui que ce soit, eu égard aux abus introduits pendant la première année de l'insurrection grecque dont je ne fais aucune mention, attendu qu'ils n'étaient que circonstanciels ; je veux surtout parler de la vente des passeports aux sujets du Grand-Seigneur.

— Il me reste, Messieurs, à vous signaler des abus qui n'appartiennent pas positivement à l'administration consulaire, mais dont l'existence est une preuve palpable que les agens de cette administration ne s'occupent nullement des intérêts généraux des sujets de Sa Majesté établis au Levant, et encore moins des intérêts du commerce français avec la Turquie.

Les négocians français établis au Levant, afin d'avoir des relations directes avec Marseille, doivent être cautionnés par une des Chambres de commerce du royaume. Autrefois la chambre de commerce de Marseille était la seule qui s'arrogeât ce droit, mais une décision de, je ne me rappelle pas quelle Cour, accorda ce droit à toutes les Chambres du royaume, et la Chambre de commerce de Lyon s'en prévalut en faveur de M. Bon en 1822.

Ce cautionnement, sur quoi repose-t-il aujourd'hui ? quel est son but, son utilité ?

Voilà une véritable énigme.

Les cautionneurs n'ont aucune espèce de responsabilité. Les cautionnés ne connaissent d'autre obligation envers les cautionneurs que de leur faire gagner une somme de 6 à 10,000 francs l'année en commissions.

Le cautionné fait-il même une banqueroute frauduleuse ? le cautionneur n'est point attaquable : donc ce cautionnement est purement illusoire.

Il faut cependant dire que dans le principe de nos relations commerciales avec la Turquie, comme la Chambre de commerce de
Marseille, qui était tout alors, dut donner au gouvernement turc
une espèce de garantie pour la confiance qui devait s'établir tant
entre ce gouvernement et la Chambre qu'entre les sujets de la
sublime Porte et cette même Chambre.

Dès-lors le cautionnement eut pour but :

1.º De garantir à la douane turque les droits d'entrée et de sortie,
en cas de faillite de la part du cautionné, qui n'était jamais qu'un
commis du cautionneur ou bien un associé.

2.º De garantir l'intégrité des créances de tous les sujets du
Grand-Seigneur, intéressés dans la faillite d'un cautionné.

Aujourd'hui la douane turque règle ses comptes chaque mois
avec les négocians ; dans tous les cas, elle est créancière privilé-
giée d'après nos lois, et les créanciers sujets du Grand-Seigneur
rentrent dans la classe générale des créanciers, conformément au
Code de commerce. Donc il est évident que ce cautionnement est
de toute nullité par le fait ; et il est d'autant plus urgent de l'abolir
à jamais, qu'il froisse les droits de citoyen, car en voici l'effet.

Je suis, aux yeux de la loi en France, aussi Français qu'un négociant cautionné, qui ne sait lui-même ce que c'est que son cautionnement. Cependant, en Turquie, par cela seul que je ne suis
pas cautionné, je perds mes droits de citoyen ; puisque je ne puis
charger des marchandises pour France que par l'intermédiaire d'un
négociant cautionné, qui prélève une commission de 2 pour 100,
ou plus, pour la faveur qu'il m'accorde.

Je ne fais plus partie du corps national en Turquie, le Consul
m'accorde sa protection et non celle du gouvernement que la loi
me garantit ; dès-lors je deviens le serf du consul qui m'assujettit
à la taxe arbitraire du permis de résidence que sa bonté m'accorde
moyennant de l'argent.

Je ne suis point convoqué dans les assemblées nationales ; je ne
suis ni électeur ni éligible pour les charges de député sur l'échelle ;
en un mot, je ne suis plus Français, mais seulement un homme
errant, un cosmopolite, que les Consuls souffrent en Turquie,
tant que je paie bien.

Les Français qui se préparent à une faillite ont soin d'acheter des immeubles sous le nom de leurs femmes; dès-lors, d'après un usage établi, conformément aux lois turques, mais contraires à notre législation, les créanciers dans une faillite ne peuvent avoir aucun droit contre ces immeubles; quoique la femme ne puisse pas prouver légalement que ces propriétés lui appartiennent. J'en appelle à tous les négocians français, établis en France, qui se sont trouvés intéressés dans les faillites multipliées de Smyrne, dont on fait partant un commerce fort lucratif.

Les Consuls souffrent, au mépris des capitulations, que les Turcs fassent payer à nos capitaines marchands, depuis la révolution grecque, des droits de visite qui n'existaient pas auparavant. Ils laissent agraver les marchandises de droits onéreux, non tarifés.

L'agent des affaires étrangères et le bureau des classes de Marseille ont transmis des plaintes sans nombre, à ce sujet, mais toujours inutilement.

L'administration des quarantaines de Marseille et de Toulon mérite toute votre attention.

Cette administration, la plus importante sous le rapport sanitaire du royaume et sous le rapport des intérêts commerciaux, est dirigée par des individus sur lesquels le gouvernement n'a aucun contrôle; partant tout est arbitraire, les taxes, la durée de la quarantaine, sont au caprice de gens livrés à eux-mêmes, contre lesquels on ne peut avoir aucun recours.

Aussi cette administration, aussi mal organisée que mal dirigée, se trouve-t-elle constamment en opposition avec les intérêts de notre commerce, par cela seul qu'elle n'est point en harmonie avec les administrations régulières de quarantaine des états de Gênes, de Toscane, d'Autriche et de Malte; en effet, et un seul exemple suffira pour s'en convaincre.

Un bâtiment venant de Malte prend de suite pratique dans les états de Gênes, tandis qu'à Marseille et à Toulon on l'assujettit à une quarantaine de dix jours. Les frégates anglaises, *le Glasgow* et *le Battlesnake*, en février et mars de cette année, ont reconnu cette contradiction, d'autant plus étrange que des états de Gênes on entre en France, en peu d'heures, par terre ou par mer, sans être assujetti à aucune formalité sanitaire.

Donc il est évident que cette administration doit indispensablement être placée entre les mains du gouvernement de Sa Majesté, et que ses réglemens doivent être en harmonie parfaite avec ceux des gouvernemens voisins qui, comme le nôtre, veillent avec sollicitude à préserver leur territoire des maladies contagieuses.

RÉSUMÉ.

D'après tout ce que je viens d'avoir l'honneur de soumettre à votre sagesse, vous sentirez, aussi bien que moi, qu'une administration si défectueuse dans toutes ses parties ne peut plus subsister.

Je suis le premier, Messieurs, qui ait osé vous signaler tant d'abus; l'honneur de la France au dehors, mon attachement inviolable à la Charte constitutionnelle qui fait la gloire et du souverain qui la maintient et des sujets qui la respectent, le bonheur de nos compatriotes opprimés à l'étranger, me font sacrifier avec plaisir mes intérêts particuliers aux intérêts généraux de la société à laquelle je suis heureux d'appartenir.

Ma tâche sera remplie, le premier de mes devoirs et le plus sacré le sera aussi, si j'ai la satisfaction, comme je n'en doute nullement, de vous voir porter un prompt remède à des vices organiques si funestes, mais qui vous étaient inconnus.

Une loi organique relative à l'administration consulaire est indispensable; autrement les abus sans nombre qui déjà existent ne feront que prendre plus de force, et ce serait autoriser cette arrogance consulaire qui, à la moindre réplique d'un citoyen, lui ferme la bouche par cette phrase *anti-constitutionnelle*:

« Ne savez-vous pas que vous êtes ici sous un régime exception- « nel, et que je puis vous embarquer pour France à mon gré? »

Douze ans de résidence en Turquie et des méditations sérieuses, tant sur l'administration consulaire que sur nos intérêts commerciaux, me mettent à même de vous offrir un travail à-peu-près complet et sur l'organisation administrative consulaire et sur celle des quarantaines.

J'ai l'honneur d'être, avec le plus profond respect,

MESSIEURS,

Votre très-humble et très-obéissant serviteur,

VIGOUREUX FILS,

rue de la Harpe, n° 92.

Paris, 12 mai 1828.

www.ingramcontent.com/pod-product-compliance
Lightning Source LLC
Chambersburg PA
CBHW061731180626
46818CB00006B/2557